Franco Dario Panizza

Licenziamento
- uno sguardo al passato -

Franco Dario Panizza

Licenziamento - uno sguardo al passato
Giugno 2011 – Narrativa
www.Lulu.com

Distribuito da: www.Lulu.com

Sommario

Pagina

Introduzione

Cari lettori

Dedicandomi alla Filosofia, una mia antica passione, trovo che la Sociologia, uno dei tanti rami della Filosofia, mi attrae di più.

Da un certo punto di vista molta parte della mia vita, nelle sue varie fasi, è stata dedicata al lavoro in parecchie aziende attraverso diverse mansioni e competenze.

Gli avvenimenti rimasti nella mia memoria sono tanti, ma il più significativo (acuto sarebbe meglio dire) è il licenziamento.

Anzi, nel mio caso sarebbe più corretto dire i licenziamenti.

Non sono ricordi lieti però sono senz'altro degni di riflessione.

A volte si ricorre al termine "dimissioni" oppure a "licenziamento in tronco" (tronco forse deriva dal verbo troncare anche se a me il termine ha sempre fatto l'impressione di un tronco d'albero con cui viene colpita la testa del malcapitato).

Nell'affrontare questo argomento vorrei limitarmi alle mie esperienze personali, tutte riferite al mondo come era nei decenni scorsi.

Per offrire un quadro abbastanza esauriente è meglio prendere il discorso dall'inizio passando in rapida rassegna, oltre al licenziamento, termini quali concorrenza - monopolio - capitalismo: termini con cui tutti, dall'operaio al manager, devono fare i conti.

Capitolo 1   Il licenziamento

Per quanto riguarda il licenziamento mi auguro che a nessuno di voi capiti un simile guaio, anche se credo che molti, moltissimi, abbiano vissuto l'esperienza di essere stati licenziati.

Oppure come spesso si preferisce dire: essere messi in condizione di dare le dimissioni.

Sicuramente oggi tante cose saranno migliorate, qualche problema risolto: rimane il mio rammarico per alcune situazioni di grave preoccupazione e sofferenza che forse potevano essere alleviate.

In riferimento alla prima volta che mi capitò, ricordo che fu un periodo particolarmente drammatico.

Dovevo assolutamente trovare un altro lavoro, un'occupazione con un regolare stipendio per continuare a sostenere la mia famiglia.

Una sola piccola frase può riassumere lo stato d'animo di quel periodo:

di fronte al televisore sento trasmettere dal telegiornale la notizia che "è morto XYZ" e immediatamente la mia anima risponde "beato lui".
La frase mi rimane dentro, ma io la sento e ne provo sgomento. A che punto sono arrivato, da desiderare la morte! Sì perché con la morte ogni problema si sarebbe risolto, si sarebbe come evaporato, disciolto.

Questo era il mio stato d'animo in quei momenti.

Ci fu anche un lieto fine.

Dopo una lunga affannosa ricerca, fui assunto da un'azienda e venni a sapere che la ditta da cui avevo dovuto dare le dimissioni aveva cessato l'attività (questo era il vero motivo per cui l'amministratore era stato obbligato ad allontanare i vari dipendenti cominciando da me forse perché ero considerato il più dotato per trovare un altro posto di lavoro, o forse perché ero il più antipatico, chissà!).

Ricordo che in un certo periodo, contrassegnato da burrascosi e forzati cambi aziendali, mi ritrovai in pochi mesi quasi senza rendermene conto con uno stipendio raddoppiato. Un'applicazione del popolare detto:
  "non tutto il male viene per nuocere"
espressione tipica di ogni bravo imprenditore che grazie al suo inarrestabile ottimismo riesce a volgere in positivo anche avvenimenti apparentemente negativi. Con tutta la mia stima per chi ha questa dote, devo ammettere che in quell'occasione anch'io ho provato a sentirmi come un "imprenditore".

A quei tempi circolava la voce che in America, in certe ditte, molti cercavano di non essere in ufficio il venerdì per non rischiare di trovare sulla propria scrivania la lettera di licenziamento e riuscire così a trascorrere serenamente il fine settimana.

Sì perché, da come si diceva, in America il licenziamento non aveva alcun impedimento di legge. Non lo so ma probabilmente oggi è ancora così.

In Italia invece gli impedimenti di legge ci sono, però si deve stare attenti alle ristrutturazioni o addirittura ai traslochi ovvero ai cambiamenti di sede.

In seguito ad un trasloco il vostro ufficio è scomparso e voi dove siete? Non è un licenziamento ma è un invito a ... pensare di cambiare aria.

Constatato che il licenziamento è senz'altro una grande sorgente di sofferenza e di infelicità si è spesso pensato di risolvere il problema in modo semplicistico: basta emanare una legge che vieti il licenziamento, nell'illusione di aver risolto il problema.

Come se in una località un bel giorno si rilevasse che l'aria è inquinata: il problema si risolve facilmente, basta emanare una legge che vieti di respirare!

Questo esempio può far sorridere, ma ne riporto un altro molto più reale:

in un piccolo paese ogni anno durante il periodo estivo scarseggiava l'acqua per cui quel comune, per almeno tre mesi, provvedeva puntualmente ad esporre ovunque cartelli che vietavano l'uso dell'acqua per bagnare fiori e piante, senza dirne le motivazioni.

La cosa andò avanti per parecchi anni. Non era proprio un comportamento di buon senso!

Non ho certo la ricetta per eliminare i problemi: vorrei solo trovare dei rimedi efficaci che possano confortarci nell'affrontare le avversità.

A dire la verità già all'epoca avevo notato che mancava qualcosa al percorso lungo il quale si sviluppava il lavoro, come se stessimo utilizzando una robusta catena di acciaio con in mezzo un anello di plastica: al primo strappo l'anello di plastica cede e la catena non serve più a nulla.

Mancava infatti un sostegno in grado di aiutare concretamente chi doveva trovare al più presto una nuova occupazione e che contribuisse, indirettamente, a ridurre l'eterna grande difficoltà per i giovani di trovare un lavoro.

Capitolo 2   **La concorrenza**

Viviamo nell'Occidente dove regna il capitalismo che significa soprattutto libera concorrenza (anche se il nostro, in Italia, può sembrare un capitalismo un po' protetto).

Può accadere che, a causa delle aziende concorrenti a volte meglio strutturate oppure dotate di prodotti innovativi migliori e più convenienti o per altre ragioni, la vostra ditta, cioè quella in cui lavorate, veda diminuire di giorno in giorno il profitto e si trovi in difficoltà.

Per evitare la chiusura dell'attività (o un eventuale fallimento) il proprietario si vede costretto a ridurre il numero dei dipendenti oppure a diminuire gli stipendi. Due cose che non si possono e non si devono fare.

Però qualcuno potrebbe dire:

ma se è la concorrenza che crea questi problemi, perché non passare ad un sistema monopolistico: una ditta che costruisce i frigoriferi, una che costruisce le automobili ecc... ecc.?

L'esperimento è già stato fatto da altri popoli con il risultato di limitare sensibilmente il livello tecnologico di uso comune e di aumentare infelicità e malcontento.

A dire la verità in Italia alcune organizzazioni hanno spesso rivelato una irresponsabile simpatia per il monopolio: un immediato apparente beneficio destinato a creare dopo qualche tempo tantissimi problemi.

Rientra in quest'ottica, che definirei retrograda, il temere lo sviluppo tecnologico e le macchine.

Un esempio che può sembrare banale ma non lo è:

personalmente ho sentito persone che esortavano amici e conoscenti a non usare le casse automatiche nei supermercati nella convinzione che l'uso della cassa automatica avrebbe causato la perdita del posto di lavoro a tanti dipendenti.

La stessa mentalità che cent'anni fa cercava di impedire l'uso del trattore in agricoltura per poter continuare con i contadini che lavoravano a mano con la zappa.

Sappiamo però che, mentre all'epoca della zappa c'era tanta miseria e disoccupazione, mai come oggi, nell'epoca dei trattori, sono stati creati tanti posti di lavoro.

Sembra naturale pensare che l'uso di macchinari sofisticati possa creare disoccupazione e invece è proprio il contrario.

Succede spesso che la realtà sia esattamente l'opposto di quello che sembra superficialmente a prima vista.

Dobbiamo considerare che se da una parte il ridurre lo stipendio non è di facile attuazione dall'altra l'azienda può tentare di persuadere il dipendente ad andarsene.

Parliamo ovviamente di aziende private, quelle statali infatti non dovrebbero soffrire di problematiche legate alla concorrenza.

Quindi come arrivare alle dimissioni?

Spesso si ricorre a trattare male il singolo dipendente umiliandolo.

Una grave applicazione è il cosiddetto *"mobbing"* che la legge contempla come reato.

Un metodo di angherie e vessazioni, a cui si ricorre più di quanto non si creda.

In realtà spesso non è nemmeno necessario arrivare ad infrangere la legge.

Per umiliare un collaboratore basta dare una promozione, un benefit, un riconoscimento ad un collega che non lo merita ed il gioco è fatto.

Il poveretto preso di mira e provocato sentirà sicuramente il bisogno di ribellarsi e facilmente passerà dalla parte del torto nonostante abbia dalla sua tante ragioni.

Capitolo 3   Il fatturato

Un'altra parola di cui devono preoccuparsi i lavoratori è il "fatturato".

In un negozio, così come in una ditta multinazionale, si verifica giorno per giorno l'incasso in denaro con cui pagare le spese.

Tra le spese c'è anche la retribuzione dei dipendenti che rappresenta una quota importante.

In base al fatturato si può subito dire, in modo più preciso di quanto non si pensi, quanti dipendenti può avere quell'azienda.

È chiaro che più il numero dei dipendenti supera il limite, più è elevato il rischio di chiudere o fallire.

Una manovra che oltrepassi questo limite rischia di condurre in breve tempo l'azienda al fallimento con la perdita di tanti posti di lavoro: eppure stranamente non ho mai sentito di manifestazioni indette per impedire ad una ditta di assumere troppi dipendenti (troppi commisurati al fatturato) e per difendere quindi i suoi lavoratori.

D'altra parte si deve anche considerare che se la proprietà pensa di avere in futuro uno sviluppo positivo, e quindi di incrementare di molto il suo fatturato, può decidere di fare investimenti, piccoli o grandi che siano: comunque se le spese superano il fatturato si va in "rosso" (cioè in passivo) e tutto diventa molto rischioso.

In breve: se il fatturato aumenta posso permettermi di assumere, se il fatturato diminuisce devo pensare a licenziare.

A questo proposito diventa determinante formulare corrette previsioni.

Pare che molte aziende multinazionali, le americane soprattutto, chiedano ai propri manager ad ogni fine giornata la situazione del fatturato e la previsione per l'anno in corso o per i prossimi dodici mesi.

Ricordo che anni fa, eravamo in primavera, chiesi ad un collaboratore una previsione di fatturato della sua zona per fine anno.

Quasi offeso si meravigliò della domanda e disse:

ma non sono un veggente, che ne so del futuro...!

Da notare che era anche un ottimo collaboratore capace e preparato, però non capiva questa imposizione di prevedere il futuro e di sbilanciarsi in promesse che potevano risultare un po' avventate.

Questo termine, il fatturato, riguarda poco le aziende statali. Alle aziende statali sarebbe molto utile calcolare e verificare il fatturato: sarebbe un grande beneficio per tutto il contesto sociale.

Il problema è che nelle loro attività (ospedali scuole ecc...) è piuttosto difficile individuare un metodo di calcolo del fatturato da cui poi trarre dei giudizi di buona o cattiva gestione.

Curare gli ammalati e insegnare ai ragazzi non è così semplice come produrre lavatrici e frigoriferi.

Anche se attualmente sono stati elaborati nuovi metodi di tipo economico per valutare il loro rendimento.

Il fatturato e i licenziamenti possono essere visti come le due facce della stessa medaglia.

Nel nostro recente passato, in Italia era invalso l'uso di aiutare con denaro pubblico, cioè con i soldi dello stato, le ditte in difficoltà per evitare i licenziamenti.

Senza pensare o, meglio, fingendo di non capire che se le cose vanno male ci deve essere un motivo: ad esempio prodotti obsoleti oppure una cattiva gestione.

L'aiuto statale diventava in pratica un premio, mentre nulla veniva dato a chi conduceva bene la propria azienda con validi collaboratori o con prodotti innovativi.

Con mio grande disappunto ho conosciuto persone particolarmente invidiose e risentite nei confronti di propri concittadini che avevano creato prosperose attività con tanti posti di lavoro e che meritatamente si erano arricchiti.

In Gran Bretagna, ad esempio, i "Beatles" - il famoso gruppo musicale - furono nominati *baronetti* per aver portato fatturato e benessere alla loro città.

Capitolo 4   La proprietà

Consideriamo come i proprietari cercano i collaboratori.

Nelle aziende in genere sono gli amministratori o i dirigenti (più o meno vicini alla proprietà) ad agire per arruolare nuovi dipendenti.

Anzi prima ancora di assumere si cerca di allontanare qualche elemento indesiderato oppure dal rendimento insufficiente rispetto agli altri.

Spesso nei grandi "meeting" aziendali, quelli che si tengono una volta all'anno in cui si parla di previsioni, di investimenti e di premi accade che un manager si senta bisbigliare all'orecchio:

chi è il più "scarso" dei suoi collaboratori, quello meno capace, quello che ha meno successo?

La domanda ha un solo significato: individuare l'elemento peggiore da licenziare così da poterne assumere uno più energico e dotato di maggiore entusiasmo.

Una specie di rinnovamento naturale di anno in anno dell'organismo aziendale, allo scopo di mantenere sempre giovane e vigoroso il corpo dell'azienda.

Ho notato che a differenza dei lavoratori dipendenti che per tutto l'anno lavorano e poi in Agosto vanno in ferie, i proprietari (sarebbe più corretto dire i grandi proprietari) spesso fanno esattamente il contrario, cioè lavorano intensamente nel periodo estivo per prendere decisioni importanti sull'azienda e, non ultimo, per decidere chi può rimanere e chi deve andarsene.

Le decisioni prese in questo periodo si concretizzano entro fine anno, nel senso che nel periodo natalizio si provvede a licenziare, a chiudere il reparto, a ristrutturare ecc...

Bisogna tener conto che in genere tutto ciò è fatto per il bene dell'azienda e per salvaguardare gli investimenti.

A volte è un cambio di proprietà a decidere.

È naturale, umanamente capibile, che un nuovo proprietario voglia intorno a sé elementi di sua fiducia e di conseguenza ci sarà quindi un grande avvicendamento di collaboratori.

Chi era importante "prima" adesso deve essere allontanato per far posto ad un altro, riconoscente verso il nuovo proprietario e verso i nuovi manager.

In altri casi si fa appello a termini come "fusione" "sinergia" additati come il rimedio di ogni problema.

Si tratta di fondere due ditte in una sola (raggiungendo così una grande dimensione) con un notevole risparmio di personale a tutti i livelli (amministrativo, commerciale, tecnico, di produzione ecc): infatti il risultato è che si dimezzano i dipendenti.

Non sempre questo ragionamento funziona perché, contrariamente a ciò che può sembrare in teoria, per molti motivi sono più redditizie le ditte piccole che permettono di evitare molti sprechi.

Si può notare che la presenza della proprietà all'interno dell'azienda in genere è benefica.

Come dice infatti un vecchio adagio:

l'occhio del padrone ingrassa il bullone.

Non si deve credere però che tutto sia da considerare come un problema di tipo "umano": in realtà molto spesso si sviluppano iniziative legate al capitalismo ed alla concorrenza.

Credo che in questo gli americani siano dei maestri.

Un esempio.

Con un notevole investimento in "rosso", un'azienda acquista la sua più agguerrita ditta concorrente.

In poco tempo, silenziosamente, la ditta acquistata viene chiusa e la ditta acquirente diventa la regina del mercato raddoppiando facilmente il fatturato e recuperando ampiamente in poco tempo l'investimento iniziale.

Sono manovre che possono sfociare in tentativi di monopolio, per cui esiste una certa attenzione da parte di organismi di controllo nazionali ed internazionali.

Per le assunzioni si ricorre ai vari manager aziendali oppure a centri di selezione esterni.
Soprattutto nel secondo caso chi esamina è molto preparato nel giudicare i candidati per individuare il migliore ma non sempre conosce esattamente le doti necessarie richieste.
L'esaminatore, se non è il diretto interessato, tenderà a scegliere l'elemento più vincente, più arrivista, più ambizioso (questa è la base su cui molti misurano l'intelligenza) senza tener conto che magari si vorrebbe una persona di carattere flessibile, disponibile e capace di ascoltare.

Capitolo 5   La specializzazione

Ognuno di noi cerca di farsi largo e di prosperare specializzandosi in un'attività.

Studiando e lavorando per arricchire la propria esperienza.

In questo modo si cerca di vincere la "concorrenza" dei propri simili e trovare così un'occupazione accettabile e gratificante, cercando anche di accontentare gli interessi che si crede di avere.

C'è da dire che molti non guardano la realtà intorno a loro ma seguono solo le proprie inclinazioni.

Pensiamo ad esempio a chi studia lettere antiche (la storia degli antichi babilonesi, la lingua sanscrito antico) oppure a chi si dedica alla poesia.

Si può vivere anche con la preparazione in questi campi ma le potenzialità sono scarse e limitate in un periodo storico così dedicato alla tecnologia (dalla medicina alla scienza in genere).

Personalmente ho scelto studi tecnici e poi, per necessità, mi sono dedicato allo studio di qualche lingua moderna (mentre inizialmente a scuola avevo studiato latino e greco antico praticamente inutili per il mio lavoro).

Lo studio di qualunque materia arricchisce senz'altro la mente, ma la professione si dovrebbe scegliere, sfruttando le proprie capacità, anche con senso pratico.

Rispetto alle professioni, in paragone ad un passato relativamente recente, il mondo sembra essersi rovesciato.

Un esempio: consideriamo la figura del cuoco nella nostra attuale società.

Un semplice cuoco di un qualunque ristorante.

Una specializzazione che permette di trovare un'occupazione in breve tempo e non solo: un cuoco può lavorare facilmente in qualsiasi parte del globo (in America in Giappone in Australia in Africa) con poche limitazioni.

In genere per trovare un lavoro si deve diventare esperti nel leggere e rispondere alle inserzioni e a scrivere "curriculum".

Poi si deve attendere con tanta pazienza di incontrare una ditta che voglia avvalersi della nostra collaborazione.

Forti della propria specializzazione ci si presenta, su invito delle aziende, ai colloqui per le assunzioni.

Nei colloqui aziendali a volte gioca il caso, la fortuna, una serie di coincidenze che vanno ad influire sulla decisione finale.

Quindi non demoralizziamoci se non veniamo prescelti e continuiamo la ricerca.

Sicuramente partecipare ai colloqui per l'assunzione migliora la preparazione e l'esperienza.

Nel tentativo di emergere e difendersi dalla concorrenza degli altri si usano vari atteggiamenti, anche se bisogna ammettere che a volte questi comportamenti sono controproducenti.

Alcuni si presentano al colloquio con una grossa *"agenda"* fittamente compilata per far vedere che sono molto richiesti nell'illusione di non dare a vedere che stanno attraversando un momento difficile.

Oppure si chiede uno stipendio alto pensando così di sembrare ancora più importanti.

Mi ricordo un colloquio (uno dei tanti) in cui l'esaminatore era diciamo "contrariato" perché il candidato precedente aveva chiesto come stipendio *XX milioni di Lire l'anno*, considerati a quell'epoca una vera e propria esagerazione soprattutto in un una fase di iniziale collaborazione (le Lire erano la moneta in corso prima dell'Euro).

Al di là della specializzazione, per difendersi dai nuovi arrivati alcuni usano un atteggiamento alquanto scorretto. Consiste nell'additare il nuovo collega come "traditore" appunto perché è passato da una ditta ad un'altra. Ci sarebbe da aggiungere che tutti, più o meno, nel proprio ambiente di lavoro cercano di comportarsi "al meglio" per apparire "più bravi", mentre alcuni preferiscono fare in modo che siano gli altri a sembrare "peggiori" (occultando o tacendo importanti informazioni, andando prontamente a riferire eventuali errori altrui ecc…).

In quale stato si riduce l'essere umano quando cade preda della paura, della gelosia e dell'invidia!

Per quanto riguarda il comportamento in azienda esiste anche una proposta molto apprezzabile (mi sembra sia di origine giapponese) che invita ogni dipendente a considerare i propri colleghi sotto una nuova mentalità. Per dirla in breve:

svolgendo il proprio lavoro ognuno di noi deve distinguere i propri colleghi in "fornitori" e "clienti" con il vantaggio di acquisire una mentalità aperta e flessibile a tutto vantaggio dell'azienda. Nei confronti di alcuni si deve controllare e pretendere, nei confronti di altri si deve essere pronti a correre per soddisfarne le richieste.

Sull'onda di questa proposta vorrei aggiungere che il promulgare una legge può dare dei vantaggi: se poi alla legge si affianca una mentalità appropriata, priva di ostruzionismi, i vantaggi possono essere molto maggiori. Ed è proprio di mentalità che vorrei parlare più avanti.

Capitolo 6   Riflessioni dal passato

Ovviamente un'intera vita lavorativa lascia spazio a delle riflessioni e probabilmente anche a rimpianti e risentimenti.

Nel mio caso, in realtà, mi rammarico di "qualcosa" che, se ci fosse stato, avrebbe contribuito ad attenuare, e di molto, le angosce di quei momenti in cui mi trovavo costretto a cercare un nuovo posto di lavoro.

Analizzando il licenziamento e valutandolo da diverse angolazioni è chiaro che il licenziamento genera sofferenza.

Le cause del licenziamento sono tante, l'abbiamo visto nei capitoli precedenti.

A volte provengono da grandi motivi economici al di sopra di tutti noi oppure sono dovute ad errori commessi e a volte sono legate a motivi intrisi di meschinità e invidia da cui non si salva nessuno.

La prima cosa che viene in mente come rimedio è di vietare, oppure ostacolare al massimo, il licenziamento. Ed è quello che è stato fatto nel passato, almeno nel nostro paese, forse senza valutare bene le conseguenze che ne sono derivate.

In realtà, per effetto di queste disposizioni, il proprietario, sapendo che non avrebbe potuto licenziare, ci pensava bene prima di assumere e ci pensava così bene che finiva spesso per non assumere nessuno.

Rimanendo con lo stesso numero di collaboratori non poteva sfruttare il periodo di "vacche grasse" per incrementare di molto il fatturato, però almeno non rischiava di dover chiudere la ditta in un eventuale periodo di "vacche magre".

Così il problema si era aggravato: bloccando i licenziamenti erano state ostacolate, se non bloccate, anche le assunzioni.

Non so se questi problemi si ripetano identici ancora attualmente o se siano attenuati: ma è chiaro che in un simile contesto quelli che ci vanno di mezzo sono soprattutto i giovani che rappresentano la quota più significativa quando si parla di nuove assunzioni.

In tutta sincerità ricordo che gli impedimenti legislativi al licenziamento rappresentavano per me un positivo motivo di sollievo, un'ancora di salvezza in situazioni a volte molto critiche nel vortice del lavoro sempre parco nel concedere soddisfazioni.

Quindi personalmente come prima impressione ritengo sia un bene conservare alcuni impedimenti al licenziamento.

Mi domando però se sia possibile aggirare l'ostacolo, cioè trovare un compromesso tra due mali (sì al licenziamento - no alle assunzioni) così estremi da sembrare inconciliabili.

Si può fare qualcosa per continuare a tutelare il lavoratore e, nello stesso tempo, facilitare nuove assunzioni?

Vado col pensiero all'imperatore romano Diocleziano che, per favorire una migliore pianificazione sociale, emanò una legge che bloccava il tipo di attività in ogni persona e nella sua discendenza.
Per essere più chiari: il figlio del fabbro doveva continuare a fare il fabbro, il figlio del contadino doveva continuare a fare il contadino, il figlio del vasaio il vasaio ecc.
La conseguenza fu che tutto lo spirito vitale della popolazione si era come "fossilizzato", chiuso in una gabbia dove era definitivamente scomparsa ogni forma di libertà.
Molti storici vedono in questa legge il vero inizio del Medio Evo, anche se mancavano ancora due secoli secondo la storiografia ufficiale.

Ritornando al nostro secolo, in realtà il cambiamento di azienda era visto in modo negativo, a volte come un'umiliazione, a volte come un tradimento: la verità è che si tratta di una profonda pigrizia mentale di cui poco o tanto ne soffriamo quasi tutti.
A dire il vero, ci sono anche persone dal carattere molto flessibile disposte al cambiamento ma la maggioranza tende a preferire un certo immobilismo.

Richiamando alla memoria i miei cambi di azienda ho la convinzione di aver messo il dito sulla piaga.

Ne ricordo uno particolarmente poco gradevole.

Iniziavo a lavorare in una nuova ditta che aveva la sede in una regione differente rispetto alla precedente ed inoltre agiva in un settore completamente diverso.

Forse erano anni socialmente più difficili [avevano fatto da poco la legge sull'equo canone (*)] forse quella volta la nuova ditta era poco inserita presso le organizzazioni sociali, fatto sta che dovetti andare personalmente ad iscrivermi per alcune ore nelle liste di disoccupazione (tutto avvenne in una mattinata) poi correre nell'altra città con in mano un cartoncino rosa per iscrivermi negli uffici competenti.

Il cartoncino rosa stava ad indicare che ero un disoccupato.

(*) Legge sull'equo canone: una legge promulgata per aiutare i meno abbienti a pagare l'affitto di casa e che invece, con il blocco delle tariffe, aveva causato un effetto opposto. Per i meno abbienti era diventato ancora più difficile trovare casa perché i proprietari preferivano lasciarle sfitte. *(l'economia non sarà una scienza esatta ma certamente non si addice agli incompetenti)*.

Da notare, una cosa per me difficile da dimenticare, che allo sportello l'impiegato cercò subdolamente di allontanarmi dicendo che dovevo ritornare nel comune della ditta da cui provenivo.

Quel funzionario, probabilmente per appagare il proprio "ego", provava un certo piacere ad angariare una persona così visibilmente preoccupata.

Una considerazione è molto chiara: la mentalità della nostra società (o per lo meno delle organizzazioni che si occupano di lavoro) non vede di buon occhio il cambio di azienda.

Ebbi l'impressione che come era ostacolato il licenziamento così era ostacolato, in questo caso <u>senza darlo a vedere</u>, il cambio dell'azienda.

Ricordo infatti che un tempo, in alcune manifestazioni, si sentiva spesso gridare uno slogan

...il posto di lavoro non si tocca...

interpretato impropriamente sotto un certo punto di vista significava che chi ha una mansione ha il diritto di continuare ad esercitarla per tutta la vita.

Favorendo questa forma di immobilismo si era creata una mentalità che portava molti dipendenti ad aborrire il cambiamento di azienda e più che mai il cambiamento di mansione cercando mille scuse per evitare questi cambiamenti.

Mi è capitato ad esempio di conoscere una persona che non ha accettato un lavoro in un'altra ditta perché era fuori comune (e parliamo di piccoli paesini non tanto distanti tra loro).

Quello che senz'altro mancava allora era una moderna mentalità in cui il cambiamento fosse visto come un arricchimento sia del dipendente sia della nuova ditta.

Personalmente sono convinto che manca ancora oggi e quindi proseguo con la mia opinione (se mi sbagliassi sarei il primo a rallegrarmene).

Un semplice rimpianto che vorrei additare come rimedio:

sarebbe stato utile potenziare e promuovere una nuova mentalità per quanto riguarda il cambiamento del posto di lavoro.

Viviamo nell'epoca della "comunicazione" e mi sembra corretto che debbano essere facilitate e potenziate il più possibile non solo la ricerca di collaboratori da parte della ditta ma anche la ricerca da parte di singoli lavoratori che, dotati di buona esperienza, desiderino cambiare azienda.

La vecchia azienda rimanendo senza un collaboratore cercherà subito un sostituto e molto spesso lo cercherà tra i giovani.

Una condizione importante per realizzare tutto questo è che nella ricerca sia raggiunta la stessa libertà con cui agiscono le aziende.

Mi riferisco ad esempio alla possibilità di andare a lavorare in un'altra città, di cambiare mansione ecc…

Oppure, guardando il problema da un altro punto di vista, un lavoratore potrebbe domandarsi:

ho il dubbio che da qualche parte, non so dove, ci sia una ditta che apprezzerebbe meglio il mio lavoro, come posso saperlo? Per esempio un lavoro che mi dia più soddisfazione, oppure più remunerato, oppure…

Consideriamo le inserzioni sui quotidiani.

Perché quando una persona risponde ad un inserzione, quasi sempre incappa in uno "studio di selezione del personale" che ha il solo compito di trovare un collaboratore alla ditta da cui ha ricevuto l'incarico, mentre molto difficilmente (cioè mai) ha la possibilità di rivolgersi ad uno "studio" che consideri primario il compito di trovargli un lavoro alternativo a quello attuale.

Nel migliore dei casi si sentirà rispondere:

no, ci dispiace, in questo momento non abbiamo una ditta che cerca una posizione come la sua.

Cioè il lavoratore (operaio impiegato manager ecc) deve avere anch'egli la possibilità di affidare la ricerca ad uno "studio", cioè di rivolgersi a qualcuno che "si farà in quattro" per trovargli quello che desidera, senza dover aspettare che sia l'azienda a mettere l'inserzione.

Ovviamente pagando, perché questa è la vera condizione per agire in libertà.

Per estendere il discorso, sempre riferendomi alle mie esperienze, ricordo che lo "studio ricerca del personale" che pubblicava inserzioni per nuove assunzioni era aperto solo in orario d'ufficio dal lunedì al venerdì, perché ovviamente lavorava solo per conto delle ditte.

Sabato e domenica, giorni per i quali avrei evitato di chiedere permessi e ferie, era chiuso.

Per l'inserzione nei quotidiani da parte di un dipendente non c'erano particolari agevolazioni.

Il dipendente che viene invitato a dimettersi, in genere arriva da un periodo di angherie psicologiche (ricordo, nel mio caso personale, un gran mal di testa) e si deve sorbire il finto sorriso del funzionario a cui prenota l'inserzione, e viene trattato come una multinazionale e non come un essere umano in mezzo a grosse preoccupazioni.

Vorrei anche aggiungere che dopo essere riuscito con tanto affanno a trovare un nuovo lavoro mi sarebbe stato di grande aiuto avere una settimana di "pausa" prima di iniziare presso la nuova ditta.

Impossibile all'epoca perché era tassativo il "passaggio diretto" altrimenti si perdeva la priorità in "graduatoria".

Avrei potuto studiare e prepararmi su alcune novità leggendo almeno i prospetti della nuova azienda (i nuovi prodotti, le manovre nelle nuove macchine, il nuovo tipo di clientela, i procedimenti burocratici ecc…) ed inoltre avrei avuto modo di farmi passare quel forte mal di testa ereditato dalla precedente azienda!

Per riassumere si deve sottolineare quanto sia positivo, sia per i lavoratori che per le aziende, il poter cambiare, nei limiti del possibile, la ditta la mansione e la specializzazione.
Ovviamente sarà necessaria una grande dose di riservatezza, di garanzia, di onestà e di buon senso.
Non sono parole facili, ma si può tentare.
Con la tecnologia attuale (computer, internet ecc) sembrerebbe possibile realizzare questa parità di diritti. Probabilmente si deve semplicemente rinunciare in parte a privilegi e pregiudizi.
La parola "semplicemente" può apparire un po' ingenua ma sappiamo che il progresso vince sempre: può essere rallentato, messo da parte per qualche tempo, ma alla fine trionfa.
Senza la pretesa di risolvere i problemi, si vorrebbe solo contribuire ad alleviare l'angoscia in certe situazioni offrendo un po' di speranza a chi, in quel momento, ne ha tanto bisogno.

Franco Dario Panizza
Licenziamento - uno sguardo al passato
Giugno 2011 – Narrativa
www.Lulu.com

Distribuito da: www.Lulu.com

www.ingramcontent.com/pod-product-compliance
Lightning Source LLC
Chambersburg PA
CBHW071227130626
46555CB00004B/1875